KB195733

자는건
싫어!

박정섭 작가가 직접 부른
토리 할머니의 자장가를 들어 보세요.

봄볕어린이문학
자는 건 싫어!

초판 1쇄 발행 2024년 11월 11일

지은이 류호선
그린이 박정섭

펴낸이 권은수 **펴낸곳** 도서출판 봄볕
만듦 박찬석, 장하린 **꾸밈** 윤현이 **가꿈** 성진숙 **알림** 강신현, 김아람 **살림** 권은수
함께 만든 곳 피오디 북, 가람페이퍼

등록 2015년 4월 23일 제25100-2015-000031호
주소 서울특별시 서대문구 서소문로 37 1406호(합동, 충정로대우디오빌)
전화 02-6375-1849 **팩스** 02-6499-1849
전자우편 springsunshine@naver.com **블로그** http://blog.naver.com/springsunshine
스마트스토어 https://smartstore.naver.com/shinybook
인스타그램 @springsunshine0423
ISBN 979-11-93150-50-4 73810

봄볕

차례

초저녁 7

: 날이 어둑해지기 시작하는 이른 저녁

한밤 16

: 깊은 밤

오밤중 25

: 자정을 전후한 캄캄한 밤중

어둑새벽 36

: 날이 밝기 전의 어두운 새벽

새로운 밤 46

작가의 말 66

초저녁

날이 어둑해지기 시작하는 이른 저녁

해가 뉘엿뉘엿 넘어갔어요. 기다리던 밤이 왔어요. 토리는요, 아침보다 밤이 훨씬 더 좋아요.

왜냐고요? 놀 시간이 여기저기 잔뜩 숨어 있으니까요. 낮에는 학원에 가야 하고, 숙제도 해야 하고, 예습 복습도 해야 하니까 바빠요. 하지만 밤이 되면 말이에요. 옷 갈아입을 때 한 번, 저녁 먹기 전에 한 번, 치카치카 양치질할 때 한 번, 발 닦고 세수할 때

한 번, 이불 안에서는 여러 번, 이렇게 놀 시간이 곳곳에 숨어 있답니다. 그러니 얼마나 기다려지는지 몰라요.

밤에 숙제를 하면 머리가 아프고요. 눈도 잘 안 보여요. 어두운데 공부하면 눈 나빠져요. 얼마나 위험한 일이라고요. 그러니까 공부는 절대로 안 된다니까요. 잘 버티면 머리 아픈 것들은 안 해도 돼요.

제일 중요한 건요, 어두워져야 하루 종일 기다린 엄마 아빠가 집으로 온다는 거예요. 그러면 온 집안이 꽉 찬 거 같아요. 이게 다 밤이 되어야 일어나는 일이랍니다. 토리는 사실 혼자 놀기가 싫거든요. 할머니가 있을 때는 안 그랬는데, 이제는 마음속으로 엄마 아빠를 기다리고 또 기다려요.

밤에는요, 안 들리던 작은 소리도 사사삭 사사삭

잘 들리고, 안 보이던 것들도 어느 순간 나타나요. 별도 달도 밤이 돼야 보이잖아요. 그러니 낮에 못 놀았던 놀이를 해야 제대로 된 밤이 되지요. 낮에는 너무 강한 햇볕 때문에 하늘을 똑바로 보기 힘들 때가 많지만 밤은 달라요. 언제나 잘 볼 수 있게 차르륵 검은 하늘이 펼쳐져요. 반짝이는 별들은 어떻고요. 별들이 매일매일 이야기하는 것처럼 나왔다가 또 사라졌다가 깜빡깜빡 윙크를 해요.

'반짝반짝 작은 별 아름답게 비추네. 동쪽 하늘에서도 서쪽 하늘에서도!'

이런 노래가 괜히 나온 게 아니라니까요.

'도도 솔솔 라라 솔 파파 미미 레레 도, 솔솔 파파 미미 레 솔솔 파파 미미 레'

유치원 때부터 지금까지 이 노래를 얼마나 많이 불렀는지 몰라요. 누가 토리를 한번 툭 치면 계이름

이 바로 나온다니까요. 이 노래를 처음 들었을 때 토리는 '내가 만들려고 했던 건데, 누가 벌써 지었지?' 하는 생각이 들었어요. 모차르트라는 아이가 일곱 살 때 만든 노래래요. 토리는 얼마나 아쉬웠는지 몰라요. 그 친구가 아니었으면 반짝이는 밤하늘을 보면서 토리가 뚝딱 만들었을지 모른다고요.

살짝 커튼을 열고 보니, 별 친구들이 벌써 나와 있어요. 매일매일 조금씩 아껴서 갉아 먹는 달고나 같

은 달도 한번 쳐다보아야 해요. 오늘따라 둥근 달이 정말 달콤한 달고나 같아 보여서 혓바닥을 쑥 내밀어 보았어요. 어디 한번 핥아 볼까요?

"커튼 닫고 이제 좀 자자!"

"벌써요?"

"벌써라니? 얼른 눈 감아!"

엄마는 밤마다 자꾸 잠을 자라고 해요. 자기 싫은데 말이에요. 눈부터 감으라고 해요. 눈을 감으면 잠이 더 안 온단 말이에요. 눈을 감으면 온갖

일들이 떠오르고 또 떠오른다는 걸 엄마는 왜 모를까요?

"내일 아침 일찍 일어나서 숙제 하려면 지금 자야지!"

"……."

토리는 할 말이 없었어요. 엄마보고 아침에 숙제를 하겠다고 큰소리를 뻥뻥 쳤거든요. 숙제는 아침에도 하기 싫지만 밤에는 더 하기 싫답니다.

"분명히 아침에 일어나자마자 한다고 했어! 자신 없으면 지금 하고!"

토리는 살짝 고민이 되었지만 아침에 한다고 했어요.

"네가 숙제를 안 해 가면 선생님이 엄마 흉을 봐."

"우리 선생님은 그럴 분이 아닌

데요. 지금까지 안 해 온 친구들이 많았지만 한 번도 그 엄마를 흉 본 적이 없어요."

"흉은 마음속으로 보는 거지 누가 말로 하니?"

"마음으로 보는 흉을 어떻게 다 생각하고 살아요. 그냥 안 들으면 아닌가 보다 하면 되지요."

"안 잘 거면 숙제할래? 말만 들으면 네 속에 능구렁이가 들어앉아 있는 거 같다니까!"

"우아, 해리 포터에 나오는 큰 뱀 같은 거요?"

"그만 말하고 자자! 큰 뱀 이야기 하면서 안 자려고 하는 거 다 알아! 안 잘 거면 숙제하고."

엄마는 밤마다 토리랑 잠자는 걸로 씨름을 하느라 너무 힘들다고 하는데, 토리는 알다가도 모르겠어요. 엄마는 늘 '숙제해라!', '자기 전에 어지르지 마라!', '양치해라!', '자기 전에 쉬해라!', '눈 감아라!' '자라!' '제발 좀 자라!' 이렇게 많은 '라! 라! 라!'를 한다니까요. 퇴근해서 힘들다면서 왜 토리를 졸졸 따라다니면서 뒤통수에 대고 '라! 라! 라!' 노래를 하는 걸까요?

하지만 토리는 엄마랑 하는 라! 라! 라! 놀이가 그리 싫지는 않았어요. 토리가 어지른 장난감을 치우다가 오늘 토리가 만들던 블록에 빠진 부분을 엄마가 잘 끼워 맞춰 주기도 하고요. 토리가 엄마 아빠 치약도 함께 짜 준 걸 알고는 아들밖에 없다고 할

때도 있어요. 아주 가끔은 이불로 토리를 돌돌 마는 김밥 놀이도 해 줘요. 그러니 하루 종일 기다린 보람이 있다니까요. 재밌게 놀기에는 밤이 최고인데, 아깝게 왜 매일 잠을 자야 하는 걸까요? 토리는 잘 모르겠어요.

: 깊은 밤

토리는 한밤중에 깼어요. 자주 그래요. 잠귀가 밝은 거라는데 작은 소리에도 눈이 확 떠져요. 한번 깬 잠은 쉽게 다시 오지 않아요.

유치원 때는 자다가 눈 오는 소리도 들었다니까요. 쿨쿨 자고 있는 엄마 아빠를 당장 깨웠지요.

“무……슨 소리?”

엄마가 눈을 뜨지도 않고 말했어요.

"눈 오는 소리요."

토리가 귀에 대고 속삭였어요.

"이거 꿈이지? 사랑하는 아들이 꿈에 나타나는 꿈? 내일 복권 살까? 우리 복덩이."

엄마는 아직도 꿈속이었어요.

"복권은 모르겠고요. 지금 눈 오는 소리가 난다고요!"

"그래, 그래! 무슨 소리가 들린다고? 알았어! 아침에 출근할 때 보자!"

엄마는 잠결에 대답이라도 해 주었지요. 한번 잠들면 누가 업어 가도 모를 토리 아빠는 토리 얼굴에 대고 코를 드르렁드르렁 골면서 잠만 잘 잤어요.

풀이 죽은 토리를 발견한 건 할머니였어요. 할머니도 눈이 오는 소리가 들렸나 봐요. 빨간 고무장갑을 끼고 함께 눈을 보러 나갔답니다. 한밤중에는 눈

오는 소리가 잘 들리거든요. 눈이 내리면서 나는 소록소록 소리는 정말 작아서 숨을 참고 들어야 해요. 할머니랑 그 소리를 들으며 눈사람을 만들었어요. 엄마, 아빠, 할머니, 토리 이렇게 넷이나 만들었답니다. 코가 할머니 고무장갑처럼 빨개질 때까지요.

눈 내리는 소리를 들을 수 있는 사람이 둘이었는데, 이제는 한 명밖에 없어요. 다시 잠을 자려고 눈을 감아 보았지만, 자꾸만 눈 내리는 모습이, 빨간 고무장갑을 끼고 함께 눈사람을 만들어 주던 할머니가 떠올라서 잠이 오지 않았어요.

양 한 마리, 양 두 마리, 양 세 마리, 양을 세면 잠이 온다고 하는데 양을 아흔일곱 마리나 셀 동안 말똥말똥 잠이 오지 않아요. 하얀 양 떼가 함께 놀자고 토리한테 달려와요. 방 안이 온통 귀여운 아기 양들로 가득합니다. 자고 싶지 않은데 누워 있으려니까 밀려오는 양 떼 틈에 낀 것처럼 답답했어요.

일어나서 엄마 아빠 방으로 가고 싶어요. 혼자 누워 있으니 더 이런 걸까요? 양 떼 우는 소리를 내내 들었더니 목이 말랐어요. 참고 또 참아 보아도 목이 말랐어요. 조용히 일어나 물을 마시고, 다시 방으로

왔어요. 그리고 누워 봅니다. 자기 전까지 아빠랑 만들다 만 장난감도 생각나고, 양치하기 전에 먹다 만 곰돌이 젤리 다섯 개도 생각났어요. 참을 수 없을 만큼 아주 중요한 게 떠올랐어요.

오줌이 마려웠어요. 오줌은 절대 참으면 안 되잖

아요.

매애애애 울던 양 떼 소리가 갑자기 바뀌었어요.

'쉬이이, 쉬이이, 쉬이.'

자다가 마려운 오줌은 절대로 참으면 안 됩니다. 재빨리 이불 밖으로 나왔어요. 눈을 뜨니 순식간에 양 떼가 사라졌어요. 그리고 어둠이 보여요. 어둠은 참 이상해요. 가만히 들여다보면 어둠은 친절하게 물러가 줘요. 토리는 천천히 물러가는 어둠을 바라보는 걸 진짜 좋아해요. 엄마한테 한번 이야기했어요.

"엄마, 저는 어둠이 물러가는 게 좋아요."

"그건 어둠 속에서 잘 볼 수 있게, 눈을 조정해서 그래."

"우와, 눈을 조정해요? 신기하다."

"그래, 신기하지. 그럼 이 책을 한번 읽어 볼래?"

"아니요!"

신기하다고 했지, 《어린이를 위한 인체의 신비—눈》이라는 두꺼운 과학책을 읽고 싶다고는 하지 않았어요. 엄마랑 이야기하는 건 좋아요. 엄마가 대신 읽고 토리에게 재미있게 이야기해 주면 되잖아요. 엄마 말로는 토리가 '쓰는 건 싫지' 않다는 걸 안 지

얼마 안 되니 바로 "읽는 건 더 좋아!"라고 자꾸만 말했어요.

"읽는 게 얼마나 좋은지 몰라!"

토리는 아직 아니랍니다. '쓰는 게 싫지 않다'고 했지, 좋다고 한 적은 없어요. 엄마는 토리가 산타 할아버지한테 쓴 편지를 아직도 거실 한가운데 붙여 놓고 있었어요.

화장실에 가는데 토리가 쓴 편지가 보였어요. 얼른 오줌을 누고 와야 해요. 한밤중에 두 번이나 일어나서 거실을 왔다 갔다 했다는 걸 엄마가 알면 틀림없이 뭐라고 할 테니까요. 하지만 토리는 한밤중 일어나서 사부작사부작 다니는 게 좋아요. 어떤 친구들은 어둠이 무섭다는데, 토리는 하나도 무섭지 않아요. 어둠은요, 시간을 두고 천천히 기다려 주면 물러가요. 그러니 자다가 깨서 무서운 친구들은 토리처럼 가만히 기다려 보세요.

'재미있게 잘 놀아!'

'잘 자고 내일 또 만나!'

어둠이 인사까지 하면서 물러갑니다. 진짜예요.

오밤중

:자정을 전후한 캄캄한 밤중

오줌도 누고 왔으니 이제 편안한 마음으로 다시 한번 자 볼래요. 그런데 아주 작은 소리가 들리기 시작했어요.

따다따 따다다 따다다다다.

깜깜한 밤에 이게 무슨 소리냐고요? 눈을 감고 들으니 더 선명하게 들려요.

"무궁화 꽃이 피었습니다."

오해야~
토리야!
얍!
301

토리가 아는 소리였어요. 이건 확실해요. 토리가 벌떡 일어났어요. 토리는 소리가 들려오는 엄마 아빠 방으로 갔어요. 살며시 문을 열어 보았어요. 그런데 둘이서만 안 자고 있잖아요! 엄마 아빠가 깰까 봐 까치발로 나가서 물 마시고, 오줌도 조용조용 누고 온 게 엄청 속상했어요.

"너무해! 엄마 아빠만 신나게 놀고!"

엄마 아빠가 화들짝 놀라며 텔레비전을 껐는데 소리만 안 들리게 껐나 봐요. 화면 속에는 어른들 여러 명이 재미있는 게임을 하고 있었어요. 아빠가 허둥대자 엄마가 침착하게 화면까지 껐어요.

"아니야, 아니야! 엄마 아빠가 논 게 아니고……."

그게 더 수상했어요.

오밤중에 텔레비전을 보고 웃고 있으면 논 게 맞잖아요. 아무리 아니라고 해 봤자 토리한테는 안 통해요. 토리는 엄마 아빠 사이를 비집고 들어갔어요. 이러려고 유치원 졸업 직전에 토리도 다 컸으니 따로 자야 한다고 한 게 아닐까요? 큰 의심이 들었어요. '엉덩이 탐정'보다 집요한 '볼때기 탐정' 토리가 얼굴을 들이밀고 묻고 싶었어요. '몇 시부터 둘이서만 놀았어요?' '왜 나만 뺐어요?' '앞으로도 계속 이럴 건가요?' 수많은 질문이 생각났어요. 이참에 토리도 같이 놀고 싶었어요.

"왜 안 자고 있어요?"

묻다 보니 괜히 화가 나는 거예요. 토리 양쪽 콧구멍에서 칙칙칙칙칙 기차 소리가 났어요.

"음, 그러니까, 이건 말이야……."

"우리가 논 게 아니라……."

엄마 아빠 둘 다 목소리가 아주 작았답니다. 진땀을 빼며 설명해 주었어요. 어린이가 하는 게임이 나오기는 하지만 어른들이 보는 아주 잔인한 드라마여서 토리가 볼 수 없다는 거예요.

"잔인한 건 어린이가 보면 안 되나요?"

"그럼! 피가 뚝뚝 떨어지고, 다치고 하는 장면이 나오는데……."

어른이 되면 토리도 분명 이해할 거라고 말했지만, 토리는 도저히 이해할 수 없었어요.

'무궁화 꽃이 피었습니다'는 토리 전문이라고요. 토리가 엄마 아빠보다 훨씬 더 잘할 자신이 있는데, 토리가 자는 틈에 둘이서만 몰래 보는 법이 어딨어요? 빨간 망토, 검은 망토 입은 영웅들이 악당이랑 싸우는 영화도 토리는 아직 어려서 못 본다고 하고,

국가 대표가 하는 축구 경기도 새벽이라 못 본다고 하고! 엄마 아빠는 다 할 수 있대요. 어린이는 정말 밤에 아무것도 할 수 없는 걸까요?

"너무 어려서 못 보는 거라고 몇 번을 말해!"

"그럼 왜 둘이서만 몰래 보는데요?"

"몰래는 아니고 네가 깰까 봐 조용히 보는 거지. 여기 봐 봐! 빨간 글씨로 19세 이상이라고 되어 있잖아!"

"그럼 축구는요?"

축구는 빨간 글씨가 없다는 것쯤 토리도 다 안다고요.

외국에서 하는 축구 경기는 왜 꼭 새벽에 하는지 모르겠어요. 엄마는 '시차' 때문이래요. 시차라는 게 토리가 싫어하는 '시간'이랑 비슷한 거더라고요. 우리나라 시계 보는 것도 어려워 죽겠는데, 다른 나라의 시간까지 알아야 할까요?

"영국이랑 우리나라랑 시간 차이가 나는 거야. 우리 한번 공부해 볼까?"

"아니요. 지금은 공부하고 싶지 않아요. 그냥 같이 텔레비전 보다가 자면 안 돼요?"

"너무 늦어서 안 돼! 엄마 아빠도 곧 끄고 잘 거야!"

"오늘은 모처럼 셋이 같이 자자! 어때? 좋지?"

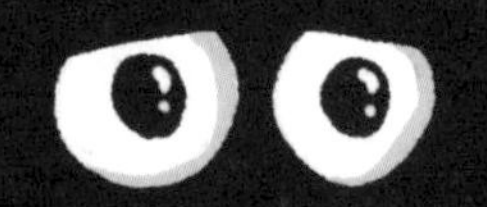

아빠가 대단한 생각이라도 났다는 듯이 말했어요.

"내일 체험 학습 간다고 하고, 셋이서 놀다가 자면 되잖아요!"

"누가 한밤중에 논다고 체험 학습을 써? 말씨름 그만하고 자자!"

엄마 아빠가 무슨 재미난 일을 벌일지도 모르는데 어떻게 혼자 잘 수 있겠어요? 잠들어 버리면, 둘이서 몰래 뭔가 할 게 뻔하다니까요. 어른들은 늦게 자면서 왜 어린이들만 일찍 자야 하냐고요?

어린이는 아직 덜 자라서 잠을 푹 자야 한다고 했어요. 밤에 성장판이 열리는데 토리처럼 안 자고 버티면 닫힌다나요.

'동동 동대문을 열어라! 남남 남대문을 열어라! 열두 시가 되면은 문을 닫는다' 하는 그런 문도 아니고, 밤에 안 자면 닫히는 성장판이라니요? 토리는 한 번도 들어보지 못한 이야기랍니다.

"그만 꼼지락대고 얼른 자자! 너무 늦었어, 오밤중이야! 오밤중!"

언제나 얼른 자래요. 이렇게 잠만 자면, 언제 놀

고, 언제 재미있는 걸 하냐고요.

이것도 안 된다, 저것도 안 된다! 토리는 할 수 없는 게 너무 많아요. 오줌을 안 누었으면 어쩔 뻔했어요. 코를 고는 아빠와 잠든 엄마 사이에 토리만 두 눈 동그랗게 뜨고 있네요. 이다음에 어른이 되면 아주 늦게 잘 거랍니다. 전 세계에서 하는 축구 경기란 경기는 다 볼 거고요, 자고 싶지 않을 때는 안 잘 거예요. 진짜예요. 씩씩거리다 보니 늦게 잠이 겨우 들었어요. 자면서도 생각했어요. 자는 시간이 참 아깝다고요.

어둑새벽

: 날이 밝기 전의 어두운 새벽

토리는 잠자기가 너무 힘들어요. 잠이 안 오는데 어떻게 억지로 자요? 오줌이 안 마려운데 누라고 하는 거랑 같아요. 어른들은 참 이상해요. 차에 타기 전에 자꾸 오줌을 누고 오라고 해요. 안 마려운데 말이에요. 토리 몸은 원할 때 오줌이 나오는 자판기가 아니잖아요. 엄마 아빠는 안 가면서 꼭 토리만 가래요. 밖에서 가는 화장실은 이상하게 불편해요. 틈만 나면 화장실에 다녀오라고 하니, 어디 놀러 가면 제일 기억나는 곳은 화장실 같아요.

잠도 화장실과 비슷해요. 자라고 하면 더 잠이 안 온다고요. 어린이만 일찍 자라고 하는 건 너무 불공평하잖아요. 캠핑 가서도 엄마 아빠는 한잔 더 하고 자면서, 토리보고는 일찍 자래요. 밤하늘이 환히 다 보이는 캠핑장이잖아요. 깜깜한 하늘에 총총 박힌 별은 어른들만 보는 게 아니라고요. 토리가 잠이 안 와서 텐트 문을 살짝 열려고 하면 엄마 말이 총알같이 날아와요.

"벌써 아홉 번째 나오는 거야! 한 번만 더 나오기만 해 봐. 다시는 캠핑 안 와! 새벽 두 시가 넘었어!"

"한 번만 더 보고 잘게요."

"지금 5분마다 한 번씩 나오는 거 알아?"

"아뇨, 몰라요. 시계 볼 줄 몰라요."

“장하다, 장해. 마지막이야, 마지막! 보고 들어가 이제 자는 거야.”

저런 걸 계산할 시간에 차라리 그냥 놀게 해 주면 안 될까요?

캠핑까지 온 마당에 시간이 그렇게 중요한가요? 나오지 말라는 건 정말 무서운 협박이라고요. 하지

만 어쩌겠어요. 꾹 참아야 하지요. 그러니 더 잠이 안 오죠. 하늘에서 별빛이 소나기처럼 주룩주룩 떨어지고, 이번이 마지막이라 하니, 더 오래오래 봐야지요.

"금방 치우고 들어갈게. 먼저 들어가 자!"

먼저 잠이 오겠냐고요. 엄마 아빠가 서로 꼭 안고 별을 보고 있는데 말이에요. 세상에서 제일 슬픈 캠핑이었어요. 엄마 아빠는 곯아떨어졌어요. 새벽에 토리는 살그머니 일어나 나왔지요. 새벽 시간이 얼마나 좋은지 아세요? 색깔이 정말 하나도 없어요.

더 짙은 어둠과 덜 짙은 어둠, 여튼 어둠만이 캠핑장에 가득했어요. 세상이 조용했답니다. 토리 숨소리가 들려와요. 이런 때만 들을 수 있는 소리예요.

텐트 앞에 서 있는데 엄마가 나왔어요.

"어디 갔나 깜짝 놀라서 나왔잖아!"

"가긴 어딜 가요? 엄마 아빠 일어나기를 기다리는 중이라고요."

"무슨 애가 잠이 없니?"

"놀러 나오면 자는 시간이 아깝잖아요. 엄마도 그랬으면서."

엄마가 토리를 뒤에서 안으면서 말했어요.

"너만 일찍 자는 게 아니야! 세상 모든 어린이는 일찍 자야 한다고!"

"그게 법이에요? 어린이가 일찍 자야 하는 게 우리나라 헌법에 있어요?"

법은 누구나 지켜야 한다는 걸 토리도 잘 알고 있어요. 헌법은 법 중에서도 제일 꼭대기에 있는 대장 법이래요. 그러니까 제일 중요한 법이겠지요.

"아니! 헌법은 그런 사소한 걸 정하는 게 아니야."

사소하다니요. 엄마 아빠가 매일매일 일찍 자는 게 중요하다고 했으면서 이제는 또 사소하다고요?

"거봐요. 헌법에 없잖아요."

"어, 그러니까, 어린이가 일찍 자야 하는 건 음, 그러니까 개인의 건강에 대한 문제인데 말이야……."

엄마가 뜸을 들였어요. 빨리 대답해 주지 않는 걸 보니 어린이가 일찍 자야 하는 건 꼭 지켜야 하는 중요한 법은 아닌가 봐요. 엄마는 토리를 더 꼭 안아 주었어요. 토리는 엄마와 함께 새벽을 구경해서 마냥 좋았어요. 한숨도 못 잔 건 비밀이에요.

매일 밤이 전쟁이듯이 매일 아침도 전쟁이에요. 왜냐고요? 아침에는 더 자고 싶은데 엄마 아빠가 자꾸 깨우거든요. 토리는 아침에 잘 일어나지 못해요. 오후에 등교하는 초등학교가 있으면 좋겠다는 생각을 잠결에 잠시 했어요. 엄마 아빠가 아무리 깨워도 물에 젖은 솜이불처럼 축 늘어져서 꿈적하기 힘들었어요. 그때마다 엄마의 속사포 랩이 쏟아져요.

"이럴 줄 알았어! 엄마가 어제 일찍 자라고 했어? 안 했어? 얼른 안 일어나! 학교 안 갈 거냐고?"

간신히 일어나 앉기는 했는데, 아직도 비몽사몽이에요. 토리는 깬 건지 아직 꿈속인지 모르겠어요.

"오늘부터 늦게 자기만 해 봐!"

하지만 이런 날이 또 반복될 거라는 사실을 엄마도 토리도 잘 알고 있어요.

이제 엄마도 지칠 대로 지쳐서 토리와의 전쟁을 그만 끝내고 싶어 해요. 매일 이렇게 실랑이를 하다가는 토리 가족 모두 힘들 거예요. '제발 좀 자라! 나는 자기 싫다! 언제 잘 거냐, 말 거냐! 일어나라! 안 일어날 거냐! 몇 시냐! 학교에 갈 거냐, 말 거냐!' 매일매일 이러기도 참 쉽지 않아요.

엄마 아빠가 밤마다 속닥속닥하는 이야기가 다 들렸어요.

먹기만 하면 잠을 푹 잔다는 '마법 꿀잠 약'을 사 먹여 볼까? 눕기만 하면 잠이 솔솔 오고 키가 쑥쑥 큰다는 '자라잼 침대'를 살까? 침을 맞으면 순식간에 잠으로 빠진다는 용한 '꿀잠 한의원'에 데리고 가 볼까? 척 보기만 해도, 뭐가 문제인지 바로바로 알아 맞힌다는 족집게 도사 '금쪽 박사님'의 상담을 받아야 할까?

엄마 아빠는 토리가 밤마다 안 자는 게 요즘 가장 큰 고민이라며 밤새 안 자고 이야기하고 있었어요. 문 밖에서 토리가 다 듣고 있는지 꿈에도 모를 거예요. 뭐 어쩌겠어요. 토리 잠귀는 타고나게 밝거든요. 할머니가 그랬어요. 올림픽 금메달감이라고요. 잠귀뿐 아니라, 토리는 모든 게 금메달감이라고 말해 주던 할머니가 자꾸만 생각나요.

새로운 밤

눈을 번쩍 뜬 토리가 시계를 봅니다. 세상에, 시곗바늘 하나는 머리 위로, 다른 하나는 오른쪽으로 쭉 뻗어 있어요. 앗! 이건 9시예요. 아침 9시라고요!

머리에 까치집을 지은 토리가 헐레벌떡 일어나서는 이리 뛰고 저리 뛰고 온 집 안을 정신없이 돌아다니고 있어요.

평소에 보기 드문 모습인데 어찌 된 일일까요? 원

래는 엄마가 잠든 토리를 깨워야 겨우 일어날까 말까 하는데 말이죠.

세상에! 큰일 났어요. 큰일이라고요. 처음 가는 소풍인데 토리가 늦게 일어났지 뭐예요.

"그러게 엄마가 뭐라고 했어?"

엄마가 길게 썬 오이 하나를 먹으면서 토리에게 말을 시켰어요. 바쁜데 왜 말을 시키나요? 토리는 엄마 말을 듣는 둥 마는 둥 양말은 짝짝이에, 옷에 잔뜩 달린 단추는 다 채우지도 못하고 있어요. 마음은 바쁜데 빨리 해야 하니까 더 안 되는 거예요. 엄마는 이게 웃을 일이냐고요? 하나밖에 없는 아들이 초등학교 첫 소풍에 늦게 생겼는데 도와서 데려다줄 생각은 눈곱만큼도 안 하고 있잖아요.

"어젯밤에 일찍 자야 일찍 일어난다고 했어? 안 했어?"

아사삭아사삭, 아그작아그작! 오이 씹는 소리가 이렇게 얄밉게 들릴 줄이야. 토리는 처음으로 오이가 싫어졌어요. 엄마가 수십 번도 넘게 말했지만 오늘처럼 처음 가는 소풍날 날벼락 같은 일이 일어날 줄은 미처 몰랐어요.

"엄마는 지금 웃음이 나와요?"

"그럼 토리 늦잠 잤다고 엄마가 울어? 토리 늦잠으로 울었으면 지금까지 백 번도 넘게 울었지! 유치

원 때부터 세면 아마 백 번도 훨씬 넘을걸.”

아사삭아사삭, 아그작아그작.

“엄마, 오이 좀 그만 먹으면 안 돼요?”

“왜 죄 없는 오이한테 화를 내니? 얼마나 맛있는데! 이번에는 사과를 좀 먹어 볼까!”

오이든 사과든 씹는 소리만 들어도 토리는 화가 났어요. 세상에서 제일 얄미운 소리였다니까요.

“나 이제 어떻게 해요?”

세수도 못 하고, 대충 엉망으로 옷을 껴입은 토리는 엄마만 쳐다보았어요.

9시 10분에 운동장에서 출발한다고 했으니까 택시를 불러서 엄마가 데려다주면 될지도 몰라요. 부지런히 버스를 따라가면 아직 갈 수 있을지도 모른다고요. 아니면 총알 택배 아저씨에게 저를 소풍 가

는 곳으로 배달해 달라고 하면 안 될까요? 총알보다 빠를 테니까 선생님과 아이들보다 먼저 도착할지도 모르잖아요. 토리는 머리를 열심히 굴리고 있는데 엄마는 오늘따라 가만히 웃고만 있네요. 밤사이 엄마가 초록 마녀로 바뀌었는지도 모르겠어요. 엄마는 토리 마음은 몰라주고 사과 껍질만 깎고 있어요.

토리는 눈물이 쏟아지려는 걸 꾹 참고 있었어요. 시계가 9시 10분을 훨씬 넘고 말았어요. 그러니 친구들은 이미 버스를 타고 딸기 체험 농장으로 출발했을 거예요. 생각만 해도 눈물이 터져 나올 것 같

았어요.

"왜 안 깨웠냐고요!"

"엄마를 탓하는 거야?"

엄마가 사과를 내려놓고 물어봅니다.

"……."

토리는 할 말이 없었어요. 어젯밤 안 자고 버티던 토리가 분명히 말했거든요.

"제가 알아서 일찍 일어날 수 있어요. 조금만 더 놀다 잘 거예요."

"진짜지? 엄마가 깨우지 않아도 알아서 일찍 일어난다고 했다."

"네, 그럼요. 내일 소풍 가는 날인데, 늦게 잤다고 늦게 일어나겠어요? 저도 이제 초등학생이라고요!"

큰소리를 쳐도 너무 크게 친 거예요.

"네가 늦게 자도 일찍 일어날 자신이 있다고 했잖

아!”

“그래도 엄마가 깨워 줄 수 있었잖아요?”

그전에도 아침에 일찍 일어나서 숙제를 한다고 했다가, 늦잠 자고 간신히 일어난 토리를 엄마가 도와준 적이 있거든요. 늦게 자니까 당연히 늦게 일어나게 되고 매번 허둥지둥 학교에 가기도 바빴거든요.

지금은 다르잖아요. 평소에 매일 하는 숙제랑은 차원이 다른 날이라고요. 소풍이란 말이에요. 무서운 바이러스 때문에 유치원에서는 한 번도 가 보지 못한 소풍을 드디어 가는 날이란 말이에요.

그런데 엄마가 토리 말만 믿고 안 깨웠어요. 얼마나 서운했는지 몰라요. 가족은 서로 도와줘야 하잖아요. 소풍을 간다고 준비했던 배낭과 간식과 물병이 식탁 위에 있었어요. 그걸 보니 꾹꾹 눌렀던 눈물이 쏟아졌어요.

어제 일찍 잘걸!

'어제 일찍 잘걸!'

'늦게 자도 일찍 일어난다는 말은 하지 말걸!'

'엄마한테 아침 일찍 꼭 깨워 달라고 할걸!'

토리는 후회되는 일이 한두 가지가 아니었어요. 엄마는 토리의 속도 모르고 아무 일도 아니라는 듯 김밥을 썰더니 꼬랑지를 먹고 있어요. 토리 가슴은 터져 버릴 거 같아요. 엄마는 '내가 소풍 가는 것도 아닌데 뭐 어때?' 이런 얼굴이었다니까요!

"왜 우는데?"

"엉엉엉, 속상해요."

"뭐가 제일 속상한데?"

"엉엉엉, 친구들이랑 선생님이랑 처음 같이 가 보는 소풍을 놓친 거요."

"소풍이 그렇게 가고 싶었어? 그게 그렇게 속상해?"

"엉엉! 딸기 체험 농장에 못 가서 속상해요. 딸기로 만들 생크림 빵도 못 먹고, 게임도 못 하고 다 속상해요. 엉엉엉."

"엄마 탓이야?"

울면서 대답을 하려니까 너무 힘들었어요. 하지만 말이라도 해야 토리의 답답한 속이 좀 시원해지는 것 같아서, 눈물을 참아가며 부지런히 대답을 했어요.

"아니요. 제가 늦게 자서, 늦잠 잤어요."

"그럼 앞으로 어떻게 해야 할까?"

"앞으로는 일찍 자야 해요."

"언제까지?"

"내년 소풍 때까지요. 그래야 내년에도 소풍을 못 가는 일이 없을 테니까요. 하지만 지금은 너무 속상하다고요. 엉엉엉! 나 진짜 가고 싶었단 말이에요. 마스크 벗고 가는 첫 소풍인데! 엉엉엉!"

토리는 바닥에 철푸덕 주저앉아 오랜만에 아주 시원하게 울어 젖혔답니다.

엄마가 말했어요.

"토리야! 앞으로는 진짜로 일찍 잘 거지?"

"네! 내년 소풍은 진짜로 꼭 갈 거예요. 맹세해요."

"그래?"

엄마는 자꾸만 웃었어요. 엄마가 웃으니까 토리는 더 서러워졌어요. 엄마의 웃음이 그치지 않았어요.

"엄마, 웃지 마요. 엄마가 웃으니까 더 마음이 아프단 말이에요. 엉엉엉."

"토리야 자, 봐 봐."

엄마가 자꾸 토리 코앞에 주간 학습 안내를 내밀었어요. 이건 또 뭔가요? 눈물 때문에 잘 보이지 않았어요.

"여기 날짜를 자세히 보라고!"

수요일! 세상에, 맞아요!

토리가 소풍을 너무 가고 싶은 마음에 다음 주에 가는 소풍을 이번 주로 착각했지 뭐예요. 토리는 눈물로 얼룩진 눈을 비비고, 다시 보고, 또 보고 수십 번을 보았답니다.

어젯밤부터 엄마는 그런 토리를 보고 단단히 마음

을 먹었대요. 토리의 착각을 그냥 내버려두기로 말이에요. 그래서 진짜처럼 김밥을 다 쌌다니까요. 엄마도 소풍 준비는 처음이라, 그 김에 김밥 싸는 연습을 한번 해 봤대요.

맞아요. 맞아! 엄마 말이 맞았어요. 소풍은 다음 주랍니다. 오늘은 그냥 평소에 밥 먹듯이 하는 지각이었어요. 얼마나 다행인지요. 토리는 안도의 한숨을 내쉬었어요.

"엄마! 다음 주였어요. 소풍이 다음 주였다니까요. 엄마 고마워요!"

방금까지 세상 떠내려 갈 듯이 울다가 이제는 하늘로 날아갈 듯이 춤을 추며 웃고 있어요.

"1학년 첫 소풍은 다음 주였다고요."

이런 걸 두고 천만다행이라고 하나 봐요. 다음 주가 소풍이라는 엄마의 말 한마디에 토리는 세상을

다 얻은 기분이었답니다.

"선생님한테는 뭐라고 말씀드릴 거야?"

"솔직하게요. 아주 늦게 자서 늦잠 잤다고요. 앞으로 다시는 늦잠 자지 않는 토리가 되겠다고 할래요."

"소풍이 그렇게 가고 싶었어?"

"네. 친구들이랑 처음으로 얼굴 보고 함께 가는 소풍인데 당연히 가고 싶지요. 최고로 가고 싶지요."

토리는 지각이었지만 신나게 학교로 달려갔어요. 입안에는 엄마가 싸준 김밥을 우물거리면서 달렸답니다. 달리면서 알았어요. 제시간에 자고 제시간에 일어나야 재미있고 멋진 일을 더 많이 할 수 있다는 걸요. 그러니 별수 있나요. 밤에는 일찍 일찍 잠을 잘 수밖에요.

이제 어둠이 찾아오면 혼자 하던 밤놀이와는 이별입니다. 하지만 낮에 친구들과 함께할 수 있는 놀이도 많으니까 괜찮아요. 밤이 좋았던 건 어둠 속에서 할머니가 불러주던 자장가 소리가 그리워서였는지도 모르겠어요.

자장자장 우리 아기, 잘도 잔다 우리 아기

꼬꼬닭아 우지 마라, 우리 아기 잠을 깰라

검둥개야 짖지 마라, 우리 아기 잠을 깰라

자장자장 자장자장

자장자장 우리 토리 잘도 잔다 우리 토리

할미 품에 폭 안겨서

칭얼칭얼 잠꼬대를 그쳤다가 또 하면서

쌔근쌔근 잘도 잔다

자장자장 자장자장

밤이면 항상 '자장자장'을 구수하게 불러 주던 할머니가 옆에 있는 거 같았거든요. 하지만 엄마한테는 말하지 않았어요. 엄마는 아직도 할머니 이야기만 하면 눈물부터 흘리니까요. 한밤중에 노는 걸 세상 누구보다 좋아했지만 처음 가는 소풍을 위해서라면 일찍 자는 거, 그거 어디 한번 해 볼래요. 일주일 뒤에 소풍이라니 얼마나 다행이에요.

토리는 할머니가 소풍 날짜를 마법처럼 바꿔 준 건 아닌가 하는 생각이 잠시 들었어요. 할머니는 항상 금메달인 토리를 지켜보고 있겠다고 했거든요. 지각이지만 발걸음은 세상 최고로 가벼웠답니다.

"할머니, 저 마스크 벗고 처음으로 친구들 얼굴 보면서 소풍 가요. 보고 계세요?"

날이 환한데 살짝 나온 낮달이 토리 머리 위를 내려다보고 있었어요.

"캄캄한 밤! 어둠아! 안녕! 그동안 엄마 아빠 늦게 올 때 같이 놀아 줘서 고마워!"

함께 놀던 친구 어둠이에게도 작별 인사를 합니다.

"나 이제 일찍 잘 거야! 자는 게 더 이상 싫지 않기로 했어."

토리는 마지막 지각을 위해 학교로 힘차게 달려갔어요.

사실 전 자는 걸 엄청 좋아해요. 푹 자고 일어나면 세상 기분 좋은 아침이 된답니다. 그런데 어른이 되면서 알았지요. 푹 자는 건 어린이만의 특권이라는 걸요. 그럼에도 어린이들은 잘 자는 걸 싫어하더라고요. '조금만 더, 조금만 더' 하면서 자지 않고 놀려고 해요.

가만히 보니, 우리 친구들이 놀 시간이 별로 없어요. 학원도 가야 하고, 공부도 해야 하고, 그래서 잘 시간을 줄여서 공부하는 친구들이 정말 많았어요. 선생님 반에는 학원이 끝나고 집에 와서 숙제까지 하느라 밤 열두 시가 되어야 자는 친구도 있다는 걸 알고 깜짝 놀랐어요. 속으로는 그렇게 공부만 하지 않아도 된다고 이야기했답니다. 제 진짜 속마음을 이야기 해 주고 싶었어요. 우리 친구들이 잘 노는 것도 아주 중요한 공부라고 말이에요. 놀면서 배우고, 배우면서 놀고, 어린이들이 놀고 잘 시간

이 많았으면 좋겠어요. 놀려고 안 자는 친구들은 꿈속에서 노는 방법도 한번 생각해 보세요. 저는 꿈속에서 엄청 놀아요. 어른이 되면 자고 싶어도 못 자는 일이 자꾸만 생기거든요.

책 제목은 《자는 건 싫어!》지만, 자는 게 좋은 선생님은 이 책을 읽는 모든 어린이의 꿀잠을 기원합니다. 지금 병원에 계신 최동열 할머니와, 잠도 못 자고 어린이들을 위해 재미있는 수업을 준비하는 선생님들에게 꿀잠과 함께 이 책을 선물합니다.

작년 생일에 찾아온 민혁이, 경희, 장소, 권나 그리고 올여름 찾아온 윤혁이. 다 꼬맹이 때 만났는데 10년이 훌쩍 넘어 어른이 되어 만나러 와 주었어요. 어른이 된 아이들도, 그냥 아이들도 다들 잘 자요.

2024년 가을, 류호선